超速营销·手绘pop

校园·节庆·娱乐·旅游

POP

序

　　手绘POP是近年来风行全国的一种广告形式，以其制作简单、形式新颖活泼、成本低廉、方便、快捷等诸多优点越来越受到广大商家及消费者的重视和喜爱。

　　POP即 "Point Of Purchase"，可译成 "购买点的海报"。它是现今流行的一种广告媒体。POP起源于美国，由于一战后全球经济普遍萧条不振，市场买气也因此低靡，广告费用成为厂家及卖方极大的负担，再加上美国超市如雨后春笋般地兴起，因此在经济迅速需要复苏的情况下，POP的广告逐渐地攻占其他媒体。节庆、拍卖、店面布置等各类场合都出现了POP。虽然POP广告本身并不具备如电视、报纸等媒体一般所具有的强力促销作用，但却是最能因为环境而变化的一种媒体宣传方式。

　　不同的场合，POP将扮演不同的角色。依据POP的表现形式可分为：悬挂式POP、立牌式POP、立体式POP等。根据市场需要，POP的内容也多种多样，如拍卖POP、校园POP、招募POP、价目POP等。该书的重点在于向读者展示校园POP及各类娱乐项目POP海报的实际运用。目的在于让读者了解，在制作一幅POP海报时，需要明白因为诉求主题、诉求角度的不同，最终的表现手法就会有所不同。校园POP多讲求参与性与号召性，商业性不强，通常文字内容较多，这时需要注意的就是文字与插图的编排构成。商业娱乐性的POP，包括店面开张、旅游休闲等。因为面向大众，就现今人们快速的生活节奏来看，要求这类POP海报在制作时应避免文字说明过度冗长、烦琐，重点突出主题，首先吸引路人的眼光，内容只要简洁明了地表达即可。节庆POP也是如此要求简洁，但另一方面更重要的是考虑如何将节庆隆重而热闹的气氛更好地烘托出来。无论什么样的表现形式，手绘POP海报中最终决定其成效的是文字的造型。多变但又易读的POP字体是成功传达情感，沟通商家与消费者思想的有力武器。

　　随着DIY时代的来临，学习美工可以满足自我成就感，可以节省许多额外开支。在这本书里我们向读者提供了运用多种手法、呈现出多样化风格的各类POP海报，让读者有选择地对POP海报进行学习与深入了解，希望能起到抛砖引玉的作用。

校园手绘pop

典型的校园POP，够"稚气"。

巨大的叹号让人警惕。

轻松的画面，轻松的活动。

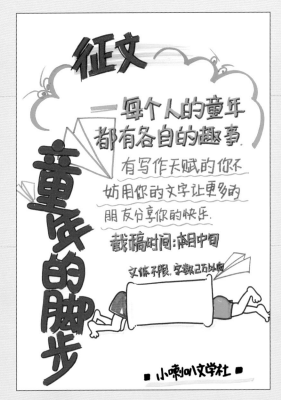

美好的回忆，毫不张扬。

每个人物的处理都很生动。

欢快的音符在跳动。

主题突出，表达明确。

如此主题当然要有"帅哥"捧场。

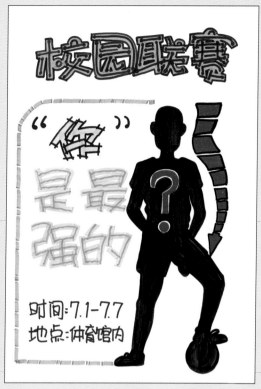

神秘的黑色令人好奇。

集中的文字让人一目了然。

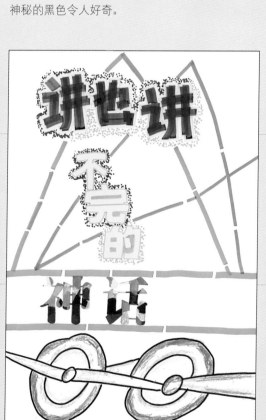

图形与主题的完美结合。

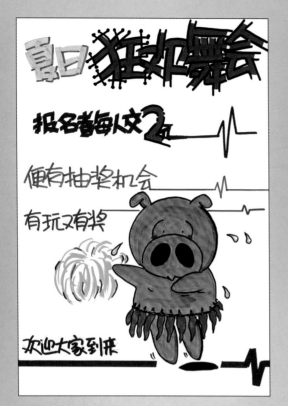

玩的就是心跳。

校园联谊总是让人乐此不疲。

对半分的版式适宜男女老幼阅读。

不管三七二十一,抓住眼球再说。

看不到这样的主题，就是看不到未来。

讲座不用嘴用什么？？

文字、画面层次分明感染力才强。

醒目可爱的pop。

对比色的运用恰到好处。

工整漂亮的文字与插图平分秋色。

鲜明的形象。

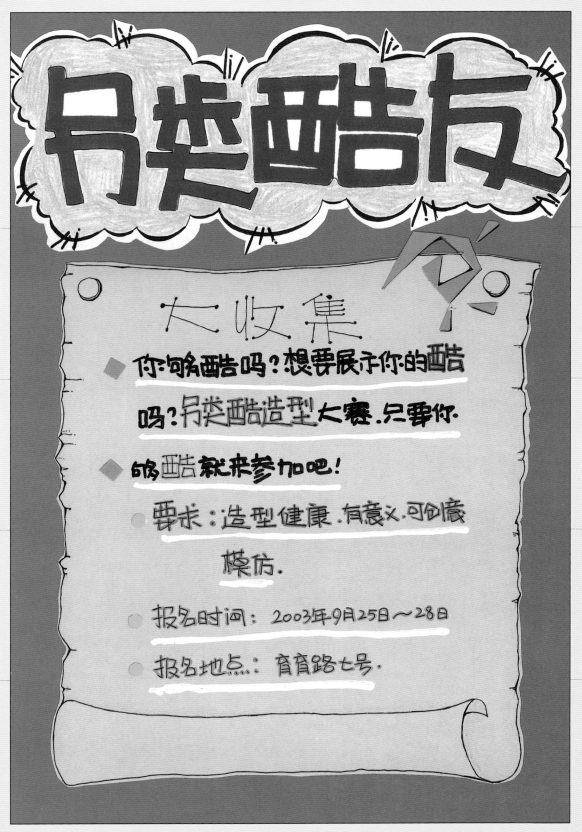

少了画中画的表达怎能"另类"？

让人共鸣的插图。

随手涂鸦的明黄很抢眼。

搞笑的插图增添不少情趣。

匠心独具的标题制作。

色彩清新统一。

错落的主题字打破了四平八稳的构图。

动感十足的可爱形象。

开心的图画充满童趣。

孩子易于接受简单的画面。

单纯的笔画容易引起孩子的共鸣。

充满想像的画面妙不可言。

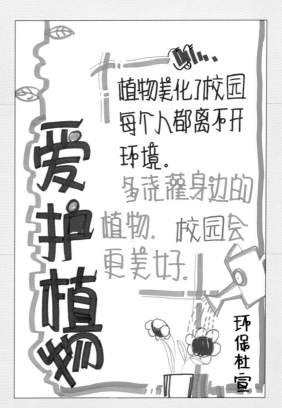

色调明朗,不拘一格。

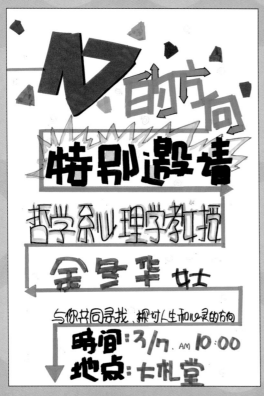

箭头的使用有很强的方向感。

特别的创意。

人物也可以成为架构文字的一部分。

现代气息浓烈的作品。

画出漂亮的 POP 字体来吧。

有对比才有吸引力。

羞怯的卡通妹妹引人注目。

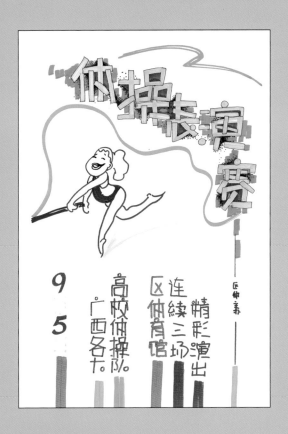

呆瓜似的人物表情惹人发笑。

轻快的颜色调节了紧张的学习气氛。

POP 需要尽可能的夸张。

特别的插画很抢眼。

线条简单却生动。

字体颜色变化过渡自然。

时下连 POP 都求同存异。

画面均衡，主题突出。

不搞笑的 POP 总好像缺点什么。

漂亮的人物是一道风景。

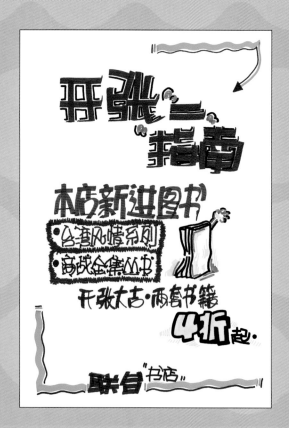

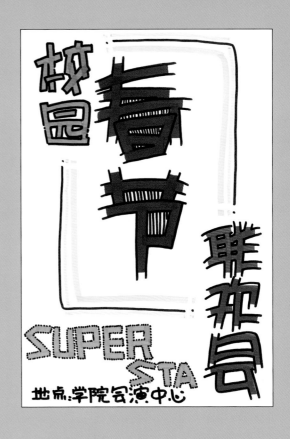

让我们画出有创意的主题字。

回忆总是很细碎。

人物的仙逸很到位。

图画的摆放也很重要。

现在是插画为主，文字退居二线。

画与字相映成趣。

人物对比构图协调。

美丽的蝴蝶引人遐想。

POP 也在追求卡哇衣。

不一样的插图，不一样的字
体，不一样的效果。

POP 字体总在求新求变。

节庆手绘pop

干净的画面，纯洁的天使。

欢乐祥和的新年。

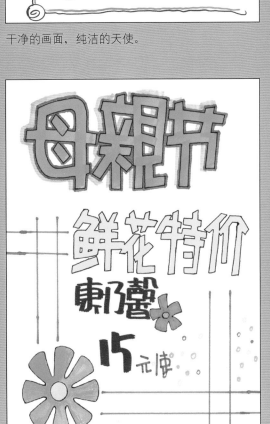

温馨的节日首选素雅的彩色。

一目了然的画面。

洋溢着浓浓的传统气息的元宵节。

让憨憨的小猪陪你过情人节。

值得期待的快乐圣诞。

艳丽的颜色要被重色"镇压"。

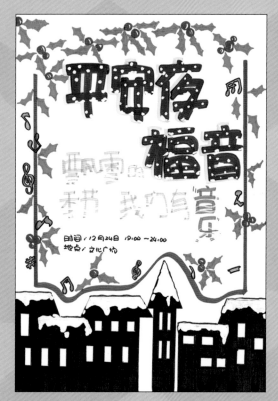

浓重的圣诞气息扑面而来。

简洁明快，够醒目。

多色彩运用却不杂乱。

简简单单却生动活泼。

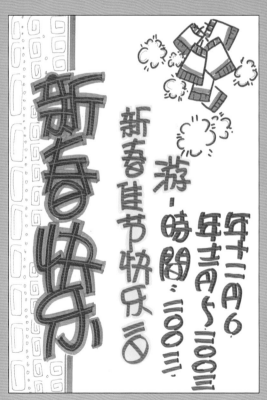

朴素的画面却不失传统。

另类的手法暗示另类的夜晚。

人物和粽子的对应起到平衡的作用。

重要的是大家都知道"免费"。

42

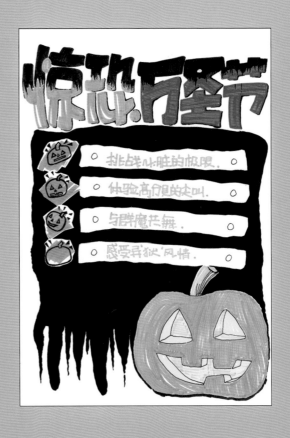

有分量的节日要用有分量的字来表达。

特殊的节日要用心布置。

张扬的插图诉求明确。

温馨的画面表现浪漫的节日。

飞过的小鸟也很休闲。

抬头字表现得有一定的沧桑感。

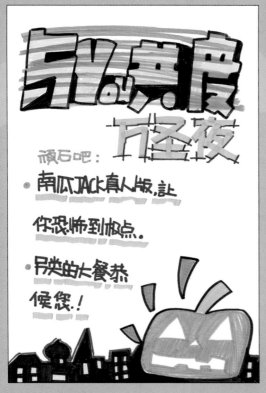

鲜艳夺目的邀请。

气氛要靠色彩调节。

幽默是 POP 的有力武器。

用底色和插图来突出休闲。

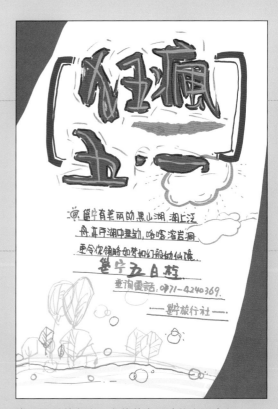

有了稳重的色彩，字体的表现才能大胆疯狂。

用愣愣的表情拜年，这种方式挺特别。

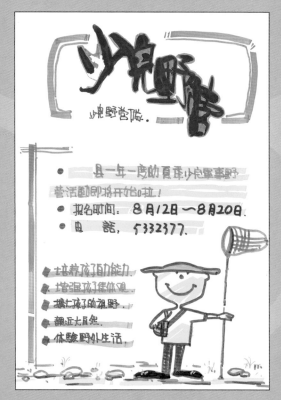

这年头讲求的不就是杂而不乱么？

诉求目的简单，画面也不烦琐。

洋溢着喜气的作品，够精彩。

淡雅的感觉让人赏心悦目。

圣诞POP不一定要出现圣诞老人。

虽然素净但也热闹。

用现代手法表现古典传统，效果不错。

多么甜蜜的背影。

朴素却带着甜蜜，平平淡淡才是真。

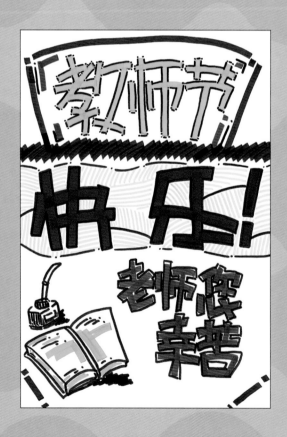

形象的卡通造型。

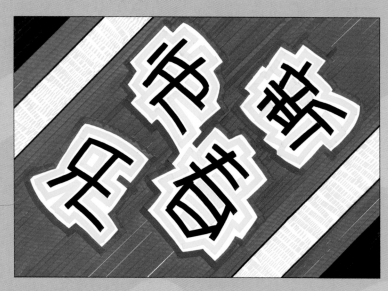

让颜色传达喜庆。

流行的就是简单和精致。

神秘的蒙面猫引人遐想。

用西瓜皮作标题字够特别。

画面简单却不呆板。

可爱女生就是最好的招牌。

多姿多彩的浪漫圣诞。

油画棒的衬托很亲切、柔和。

娱乐手绘pop

跳跃的色彩充斥整个画面才够疯狂。

朴实又不失活泼的色彩有农家新生活的感觉。

用插图来衬托主题。

放大的眼睛增添了童趣。

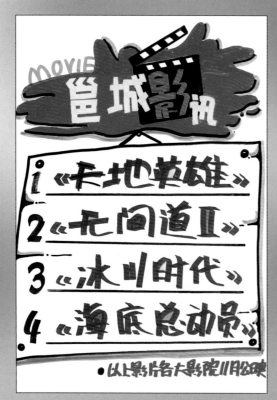

有质感的pop。

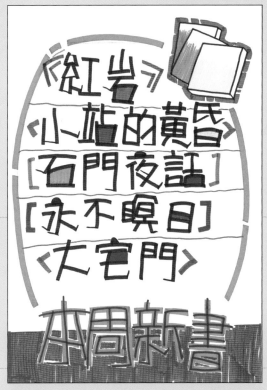

内容没法起死回生，就在表现手法上动作吧。

好像真的有雪花飘来。

清新的泥土气息。

令人向往的绿。

夸张的表现手法。

字体的装饰性很强。

利索的画面。

多学习字体变化技巧，大有好处。

大标题稳重的颜色够抢眼。

闪亮的指环调节了画面的气氛。

够"拙"才够好。

大面积的绿很生活化。

有春风拂面的感觉。

真的够"摇滚"。

构图平稳，色调轻快。

构图效果好，很透气。

个性化的纸张质感制作手法，值得学习。

软软的章鱼让人有触摸的冲动。

画面情节生动多亏了文字的编排。

惹人怜爱的卡通造型让人心动。

图文并茂，情趣盎然。

抖动的字体切合主题。

精美的海报，情调自然流露。

特别的插图有特别的感觉。

像在水里游泳的"海洋馆"

字体和图画也要和"节"相合。

清淡的衬色容易让人轻松。

年轻的表达方式年轻人懂。

文字和颜色很协调。

多种POP字体的结合使用,效果凸现。

文字和图形的自然表达。

幸好还有可以喘口气的白色。

表达手法贴近主题。

原来书卷气也不必太沉闷。

酷毙的人物造型，独特的技法。

平淡的色调和主题很相衬。

画面干净利索，字体变化巧妙。

巧妙运用插画形象。

娴熟地绘制多种 POP 字体是丰富画面的有效途径。

成功营造了剧院的氛围。

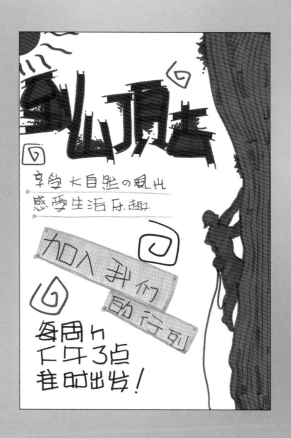

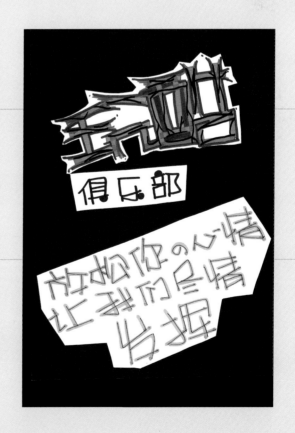

明亮活泼，动感强。

微笑能拉近彼此的距离。

玩起主题的冲击波。

夸张也是艺术。

平和、普通也能上台面。

别有意味的卡通造型。

另类的插画表现手法可以吸引眼球。

抢眼的对比色。

明快干净是画面的最大特点。

令人回味的幽静。

旅游手绘 pop

向明确的目的地前进。

够土的异域风情。

精致细腻的插画引人注目。

这样的色块让人蠢蠢欲动。

偶尔打破规矩的构图也不错。

标题质感突出。

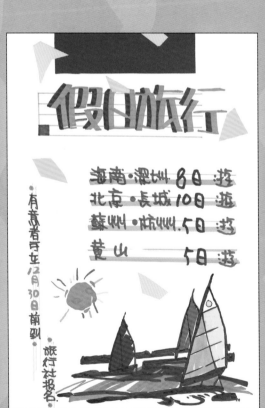

色调和谐有冲击力。

浅浅的蓝很能体现清爽。

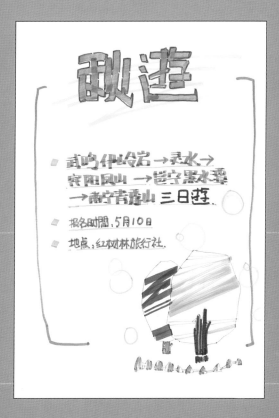

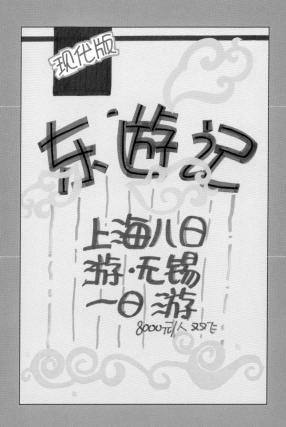

有序是 POP 的基本要素。

浪漫的色调总是令人向往。

图书在版编目（CIP）数据

校园、娱乐、节庆、旅游/喻湘龙主编. —南宁：广
西美术出版社，2003.12
（超速营销·手绘POP）
ISBN 7-80674-459-2

Ⅰ.校... Ⅱ.喻... Ⅲ.①学校—文娱活动—宣
传画—作品集—中国—现代②节日—广告—作品集—
中国—现代③旅游—广告—作品集—中国—现代
Ⅳ.J524.3

中国版本图书馆CIP数据核字（2003）第126974号

本册作品提供：

李　娟　林奔遥　马尔娜　吴玉泉　谭仁生　黄丹萍　陈　旭　赵珊珊
何佩霖　蔡世机　肖海波　陆　霞　唐　恬　卢宇宁　张海燕　刘川丽
黄　瑾　周　洁　刘　佳　陆晓峰　杨　扬　赵先慧　阳宝乡　邱永德
刘蓉芳　韦禄橙　罗和平　潘玉珉　陈　媛　陈恩诚　陆芳菲　熊燕飞
黄文锋　邓子君　李　华　熊丽君　周　柯　陈　诚　游　力　闫　伟
杨夏溪　陈建勋　廖爱群　邹奇诚　黄晓明　邓燕萍　滕　超　陈　歆
许菱燕　潘　玉　范振春　黄　悦　陆　霞　唐香花　胡昌燕　曾荟莹

超速营销·手绘POP
校园·节庆·娱乐·旅游

顾　　问／柒万里　黄文宪　汤晓山
主　　编／陆红阳　喻湘龙
编　　委／喻湘龙　陆红阳　梁新建　黄仁明　利　江　周锦秋　张兴动
　　　　　叶颜妮　李　娟　陈建勋　游　力　熊燕飞　周　洁　叶　翔
　　　　　罗　慧　黄光良　潘　华　叶　鹏
本册编著／游　力　周　洁
图书策划／姚震西
责任编辑／白　桦　何庆军
装帧设计／阿　西
责任校对／尚永红　刘燕萍　陈小英
审　　读／林志茂
出　　版／广西美术出版社
地　　址／南宁市望园路9号
邮　　编／530022
发　　行／全国新华书店
印刷制版／深圳雅昌彩色印刷有限公司
版　　次／2004年1月第1版
印　　次／2004年1月第1次印刷
开　　本／889×1194　1/16
印　　张／6
书　　号／ISBN 7-80674-459-2/J·337
定　　价／30元